KB010765

삼색일기장

삼색일기장

뱅크북

이 책을 세상에서 가장 소중한 인연,

──────── 님께 드립니다.

봄의 태양이 빛나면 곡물의 씨앗은
싹트지 않고 있을 수 없다.
그러나 참된 사랑은 세상이 차더라도
꽃이 핀다.

— 뇌티히

차례

진짜사랑

눈물을 닦아주는 것보다
함께 흘려주는 것이
<진짜사랑>이라 했습니다.

우산을 씌워주는 것보다
비를 맞으며 함께 걷는 것이
<진짜사랑>이라 했습니다.

그대 때문에
매일 같이 눈물에 젖어 살고
빗물에 젖어 살아도
내가 지금 행복한 이유는
진짜로 그댈 사랑하고
있기 때문입니다.

사랑은

사랑은 아픔이야
사랑은 눈물이야
사랑은 고통이야

하지만 이제부터
사랑은 무조건 행복이야
그래야 너도 행복하고 싶어
날 사랑하지

네가 만약

네가 만약 나더러
바다에 뛰어들라하면
웃으며 그리 할 거야

네가 만약 나더러
보고 싶다 말하면
그곳이 어디든 달려 갈 거야

네가 만약 나더러
아프다하면
한밤중에라도 널 업고
병원으로 달려 갈 거야

하지만 네가 만약 나더러
헤어지자고 하면
그땐 네 손목에 수갑 채워서라도
영원히 함께 할 거야.
"널 사랑해!"

그래도 난

늘 마주보며 사는
소나무와 솔잎보단
1년에 한 번씩 이별 고하는
은행나무와 은행잎의 사랑이
더 애틋할 수 있어

짧은 이별 속에서
성숙의 돌담 쌓아올리고
존재에 대한 절심함을
배우는 까닭이지

그래도 난 그대와
1년 365일 붙어사는
소나무와 솔잎이고 싶어

너 알아?

넌 노래가 좋아서 부르는 거지만
난 네게 들려주기 위해 부르는 거야

넌 다이어트를 하기 위해 피자를 안 먹지만
난 네게 선물을 사주기 위해 못 사먹는 거야

넌 커피가 좋아서 마시지만
난 네 얼굴 보기위해 마시는 거야

넌 시간이 남아 날 만나는 거지만
난 널 만나기 위해
내게 가장 소중한 시간을 포기하는 거야

알아?
넌 나와의 사랑이 삶의 일부지만
난 너와의 사랑이 내 삶의 전부란 걸.

내가 널 떠난 이유

떨어지는 낙엽엔
다 사연이 있어
바람이 불어서
계절이 바뀌어서
나무가 털어내서

하지만 가끔은
자신의 무게로 인해
나무가 힘겨워 할 까봐
일부러 몸을 내던지는
낙엽도 있어.

이유 1

널 만난 후부터
자꾸 눈 감는 버릇이 생겼어
그래야 더 잘 보이니까

널 만난 후부터
한겨울에도 장갑 끼지 않는
버릇이 생겼어

네 맘이 난로여서
두 손 꼬~옥 잡고
마냥 걷고 싶었으니까.

그런 인연

세상엔 눈밭에 서 있어도
봄 향기 나는 사람이 있더라.

세상엔 위로의 말 한마디로
그 어떤 병도
깨끗하게 낫게 하는
사람이 있더라.

세상엔 화원도
들판도 아닌
사람의 맘속에
피어나는 꽃이 있더라.

그리고...
세상엔 아무리 잊으려 해도
잊혀 지지 않는
그런 인연도 있더라.

이유 2

어떤 이는
황금 밭에 꽃씨를 뿌렸고
또 어떤 이는
바다가 보이는 푸른 언덕에
꽃씨를 뿌렸지만
난 그대의 가슴에
사랑의 꽃씨 뿌렸지요.

세상의 꽃은
잠시 피었다 시들고 말지만
그대 맘속에 핀 꽃은
영원히 시들지 않을 테니까요.

이유 3

우리 떨어져 살아도
이토록 그리운 것은
그대 눈동자 속에 내가 있고
내 눈동자 속에 그대 있어
두 눈 깜박일 때마다
그 속에서 그리운 얼굴이
몽실몽실 떠오르기 때문이지

어떤 사랑

그 사람의 행복을 바라며
그 사람의 주위를 맴도는
사랑 있습니다.
그 사람이 힘들어 할 때면
더 많이 힘들고
그 사람이 슬퍼 할 때면
아무도 모르게 이불 덮어쓰고
혼자 소리 내어 울어야 하는
사랑이 있습니다.
혼자만의 사랑이기에
그 사람의 아픔을 감싸 줄 수 없는
가슴 아픈 사랑입니다.

아무래도 지금 내가
그런 지독한 짝사랑에
빠진 것 같습니다.

욕심

너에 대한 그리움으로
김장을 했어.
올 겨울 네가 보고플 때마다
조금씩 꺼내 먹으려고.

아, 근데
널 사랑하는 내 맘을
너무 많이 넣었나봐.

눈감고 있어도
온통 네 생각만 나.

부탁

크리스마스 선물로
그대 맘
잠시만 빌려줄래요.

그러면 날 미워하는
그 맘은 다 지우고
그 자리에 날 사랑하는
애틋한 맘으로만
가득 채워 넣게요.

그대는 내게

내가 머리 아프다고 하면
"병원 가봐!" 하지 않고
살며시 내 이마 짚어주며
호-해주던 사람

내가 힘들다고 투정하면
"너만 힘드냐!"며 짜증내기보다
내가 좋아하는 김치찌개 끓여
가만히 내 앞에 놓아주던 사람

첫눈 오는 날 장미꽃 사달라고
조르기 보다는 밖으로 불러
신나게 눈싸움 하자던 사람

한번 삐치면 며칠이고
계속 가기보다는
금세 환하게 웃어주던 사람

내가 누굴 만나든 상관하지 않기 보단
가끔은 애교 섞인 질투를 보이던 사람

있을 때 즐겁고 행복하기 보단
안 보이면 더 애틋한 사람

누가 봐도 사랑스럽기 보단
내 눈에만 유독 더 사랑스런 사람

그대가 내게 그런 사람입니다.

궁금해

당신이 전에 그랬지.
나 아니면 당신은
세상 어디가도
반쪽짜리 인생이라고...

궁금하다...
당신 지금 누구의
반쪽이 되어 있을까.
난 지금도 당신 생각하면
기분이 이렇게 멍한데
당신은 내가 누군지
기억이나 하고 있을까?

슬픈 풍경화

그대의 눈동자 속엔
세상의 아름답고
예쁜 것들은 다 들어있다

하지만 정작 필요한
<나>는 없다

그대바라기

요즘 사랑은 머리로만 한대요.
그래야 설령 헤어지더라도
금세 잊고 새롭게 누군가를 다시
사랑할 수 있으니까요.

하지만 가슴으로 하는 사랑은
한번 상처 입으면 평생
치유할 수 없는 슬픔이 된대요.

근데도 가슴으로 밖에
그댈 사랑할 수 없는 난
아무래도 <그대바라기>인가 봐요.

삼색일기장

〈아빠의 비밀일기〉

　갑작스럽게 찾아온 경기불황은 많은 사람들을 고통스럽게 만들었다. 식료품 가게를 운영하는 나 역시 예외는 아니었다.

　아침 일찍 가게 문을 열기도 전에 어디론가 분주히 전화하기에 바빴다.

　"혹시… 여윳돈 있으면 조금 빌렸으면 해서요…"

　가게세가 몇 달 밀려 당장 거리로 내쫓길 판인데 얼마 전에 중고트럭을 운행하다가 인사사고까지 나서 거액의 급선이 필요한 상황이었다. 하지만…

"그곳도 지금 돈을 빌리러 다니고 있는
처지라고요? 아, 알겠습니다. 그럼."

모두가 마치 약속이라도 한 것처럼 사정이 어
렵다고 말했다. 나는 고민 끝에 마지막 보루라
할 수 있는 망치가 운영하는 카센터로 차를 몰
았다.

"그래. 다른 사람은 몰라도 망치만은…"

보육원 동기인 망치는 나와 둘도 없는 절친이
다.
전부터 급전이 필요하거나 어려운 일이 있으
면 편안하게 도움을 청할 수 있는 유일한 창구
이기도 했다.
하지만…

"이봐, 망치! 자네 안색이 왜 그 모양이지?
어디 아프기라도 한 건가?"

망치가 운영하는 카센터를 찾아갔지만 분위기가 어째 심상치 않았다.

　　"왜, 안 좋은 일이라도 생긴 거야?"

　　상기된 표정으로 의자에 앉아 줄담배만 연신 피워대고 있던 망치는 나의 물음에 힘없이 고개만 끄덕일 뿐이었다.

　　"여기서 일하는 병국이라는 아이 자네도 알지?"
　　"물론이지, 그런데 왜? 그 아이가 무슨 사고라도 저질렀나?"
　　"글쎄, 그 녀석이 어제 저녁때 손님이 맡겨놓은 차를 몰래 타고 나갔다가 그만 사고를 저질렀지 뭔가."
　　"그래서 어디 많이 다치기라도 한 건가?"
　　"그 녀석은 멀쩡하다네. 문제는 손님이 맡겨놓은 차가 엉망이 되어버렸다는 거지. 싸구려 차면 내가 말도 안하겠네. 글쎄 그 차가 어떤 차인 줄 아나? 1억이 넘는 최고급 외제차야."
　　"……"

"그 차를 수리하고, 보상할 생각을 하니 정말 눈앞이 캄캄하기만 하다네. 그리고 보니 자네 마침 잘 왔네. 혹시 돈 가진 거 있으면 나 좀 빌려 주게나?"

친구의 말에 난 힘없이 고개를 떨구었다. 망치는 나의 그 표정이 무엇을 의미하고 있는지 잘 알고 있다는 듯 담배연기를 길게 내쉬며 한탄조로 말했다.

"하긴, 하루가 멀다하고 내게서 돈을 빌려가는 자네에게 무슨 여력이 있겠는가. 이번일은 내가 알아서 처리할 테니까 자네는 너무 신경 쓰지 말게나. 참. 그건 그렇고 자네같이 움직이기 싫어하는 게으름뱅이가 갑자기 연락도 없이 여기는 웬일이지?"

"으…음 그건… 그냥 왔어. 이 근방에 볼일이 있어서 잠깐 왔다가 자네 얼굴이나 한 번 보고 가려고…"

돈 얘기는 꺼내 보지도 못하고 서둘러 친구의 카센터에서 빠져나온 난 외곽에 있는 강가로 차를 몰고 갔다. 가끔 가슴이 답답하거나 속상

한 일 있을 때면 습관적으로 찾던 곳이었다.

"하아~ 나름 열심히 살아 왔다고 생각했는데…"

통나무로 된 벤치에 한동안 앉아 그저 묵묵히 흐르는 강물을 바라보자 이런저런 생각들이 잔잔히 스쳐 지나갔다.

어릴적에 부모님에게 버려져 보육원에서 자랐다.

30대 중반이 되도록 변변한 연애 한번 못하고 죽도록 일만했다. 하지만 지금 가지고 있는 전 재산이라고 해봤자 낡은 중고트럭 하나가 거의 전부였다.

물론 그동안 고생해서 꽤 되는 돈을 모으기도 했었지만 대부분은 내가 자랐던 보육원 동생들을 위해 사용했기에 후회는 없다.

"뭐, 어떻게 되겠지…"

천성이 낙천적인 난 모든 것을 하늘에 맡기기

로 하고 점심시간이 한참 지나서야 비로소 가게로 다시 되돌아 왔다.

"어이, 순해! 그래 돈은 좀 마련했는가?"
임시로 닫아놓았던 셔터 문을 막 올리려고 하는데 옆집에서 정육점을 하고 있는 웅삼아저씨가 불쑥 나타났다.

맘 좋게 생긴 웅삼아저씨는 무슨 일이 생겼을 때마다 마치 나의 대변인인양 나서서 해결의 실마리를 찾아주던 인정 많은 이웃집 아저씨였다.

"아무래도 가게와 트럭을 처분하고 다른 일을 찾아봐야 될 것 같아요."
"옛끼, 이 사람아! 그만 두더라도 봄이나 되고나서 그만둬야지 이 엄동설한에 갑자기 행상용 트럭까지 다 팔아버리면 대체 뭘 먹고 살겠다는 건가?"
"그건 그렇지만…"
"잔말 말고 올해만 어떻게 한 번 잘 넘겨봐. 그럼 분명 길이 열리고 기회가 올 거야. 그게 인생이야.”

다른 때 같았으면 자신의 가게 세를 못내는 한이 있더라도 나에게 먼저 돈을 빌려주던 응삼아저씨였다.

하지만 그 역시 병원에 입원해있는 부인의 치료비를 마련하기 위해 하루가 멀다하고 돈을 빌리러 다니는 처지인지라 남에게까지 아량을 베풀 겨를이 없는 상황이었다.

“이봐. 그러지 말고 직접 한번 찾아가보는 게 어떤가?”

“……??”

“그래, 마귀할멈!!”

응삼아저씨는 자신의 가게로 손님이 들어가는 것을 보면서 다급하게 다시 입을 열었다.

“지금은 그 방법밖에 없을 거 같은데… 선택의 여지가 없어.”

“그래도 그건…”

“직접 찾아가서 사정을 하던지, 정 안되면

자빠뜨리던지 그건 자네가 알아서 하고…"

응삼아저씨는 말을 끝내기가 무섭게 자신의
가게 안으로 다급하게 뛰어 들어갔다. 손님이
와서 그런 것이 아니라 나에게 금기어를 꺼낸
것에 대한 미안함 때문에 서둘러 자리를 피하
는 느낌이었다.

"하아~ 이제 정말 갈 때까지 갔군. 죽어도 근
처에 얼씬 말라던 마귀할멈까지 찾아가 보라고
하는 것을 보면 말야."

'마귀할멈'은 상가사람들이 붙인 별명으로 가
게 건물주를 지칭하는 말이었다.
그녀는 매우 히스테리컬한 성격의 노처녀로
인근에 수채의 빌딩을 소유하고 있는 재력가이
자 악덕사채업자였다.

정말이지 인정이라고는 눈곱만큼도 찾아볼
수 없는 비정한 성격의 소유자로 자신의 건물
에 세 들어 있는 사람들에게까지 온갖 악행을
저지르는 것으로 유명했다.

"뭐, 뭐라구요? 채무상환기간을 고작 일주일 넘겼다고 법정이자의 5배를 더 내라고요?"

그녀는 바늘로 찔러도 피 한 방울 안 나올 정도로 오직 돈밖에 모르는 마귀 그 자체였다.

이런 이유 때문에 사람들은 그녀의 이야기만 나오면 고개부터 절래절래 흔들었다. 비록 석 달치 가게세가 밀려있고 급전이 필요했지만 그녀에게 찾아가 애원하고 사정하는 것은 그야말로 죽기보다 더 싫은 일이었다.

그런데…

"이봐요!! 어째서, 아직 입금이 안 되어 있죠?"

마귀할멈으로부터 먼저 독촉전화가 왔다.

첫마디부터 앙칼지게 쏘아붙이는 그녀의 목소리에 나도 모르게 죄인처럼 기어들어가는 목소리로 가늘게 말했다.

"그…게 아직…"

"뭐예요? 그럼 아직도 돈을 준비하지 못했단

말이에요? 좋아요. 나도 더 이상은 봐줄 수 없으니 내일 당장 법적조치를 취하도록 하겠어요.”

그녀는 더 이상 말하기도 귀찮은 듯 신경질적으로 전화를 확 끊어버렸다.

착잡한 기분에 빠져 한동안 멍하니 서 있을 때였다.

가게 안으로 응삼아저씨가 불쑥 들어왔다. 그는 은행로고가 새겨진 봉투하나를 건네주며 특유의 싱거운 웃음을 씨익 지어보였다.

“자, 받아!”

“이게 뭔가요?”

“돈이야, 그 놈의 웬수같은 돈, 이걸로 일단 그동안 밀린 이자라도 내고 사정해봐.”

“어디서 이 돈을?”

“마누라 병원비에 쓸려고 꼬불쳐 놓았던 돈이야.”

“그런데 이 돈을 왜 제게?”

“이 번달치는 얼마 전에 이미 지불했기 때문에 괜찮아. 다음 달 입원비야 그동안 벌어서 내

면되고… 그러니 너무 부담 갖지 말고 다급한 자네부터 일단 먼저 쓰게나. 그럼 난 이만 바빠서…"

응삼아저씨는 내말은 들을 필요도 없다는 듯 돈 봉투만 건네주고는 성급히 가게 밖으로 나갔다. 말로는 이미 병원비를 지불했다고 하지만 아직 그 일부만 지불한 것으로 알고 있었기 때문이었다.

"병원비를 더 마련하기 위해서는 당장 또 남에게 아쉬운 소리를 해야 될 텐데…"

그럼에도 불구하고 좋은 이웃 하나 잃는 것이 싫어 그 귀한 돈을 기꺼이 내어준 응삼아저씨를 생각하니 콧등이 괜스레 시큰해졌다.

가게를 정리하기로 마음을 굳혔던 난 결국 응삼아저씨를 생각해서 돈 봉투를 집어 들고 그녀가 살고 있는 집으로 향했다.

"휴우~ 이곳이 바로 사람들이 마녀의성이라 부르는 곳이구나!!"

그녀의 집 앞에서 잔뜩 주눅 든 모습으로 호흡을 가다듬고 있던 난 고개를 갸웃했다.

항상 이중삼중으로 굳게 잠겨있는 것으로 유명한 그녀의집 대문이 활짝 열려져 있었기 때문이다.

"혹시… 안에 누구 계세요?"

밖에서 몇 번이고 계속 불러도 인기척이 없자 난 조심스럽게 그녀의 집안으로 들어가 보았다.
하지만…

"으악!!!"

서너 걸음도 채 안으로 못 들어가고 그대로 굳어버렸다.
그녀가 온몸에 피투성인 채로 현관문 바로 앞에 쓰러져 있었기 때문이었다. 집안에 있는 물건들이 어지러이 널려져 있는 것으로 보아 방금 전에 강도가 들었던 것이 분명해 보였다.

"하아~ 이를 어쩌지?"
난 본능적으로 그녀의 심장에 귀를 갖다 댔

다. 다행인지 불행인지 심장은 뛰고 있었다.

　그러나 당장 병원으로 옮기지 않으면 생명이 위독할 정도로 그녀의 상태는 몹시 위태했다.

　"만약… 이 여자를 이대로 죽게 내버려두면??"

　잠시 어떤 유혹이 날 흔들었다.

　"그동안 밀렸던 월세는 물론이고 약간의 사채까지 지불할 필요가 없겠지?"

　하지만 난 곧 정신을 차리고 그녀를 들쳐 업었다.
　비록 무엇 하나 마음에 드는 것은 없었지만 그깟 돈 몇 푼 때문에 그녀를 그냥 죽게 내버려둘 수는 없었다.
　"이봐요! 제발 정신 좀 차려요!!"

　난 계속 그녀를 부르며 밖으로 뛰쳐나갔다.
　삼시 후, 연락 받고 온 119 차량 한 대가 우리 앞에 섰다.

"그럼 잘 부탁합니다!"

그녀를 119대원들에게 인계하고 되돌아서려 할 때였다.

"죄송하지만 보호자분도 함께 타시죠!"
"저… 그게…"
"시간이 없어요, 빨리요!!"

내 의지와 상관없이 얼결에 그녀와 함께 119 차에 탔다.
그녀는 병원에 도착하자마자 곧바로 수술실 로 옮겨졌다. 그런데 전혀 뜻밖의 문제가 또 하 나 발생했다.

"김인영님, 보호자 되시는 분!"
"저… 무슨 일이죠?"
"다름이 아니라 수술을 하려면 보호자의 서 명이 필요해서요."
망설이고 고민할 시간이 없었다. 모든 것이 숨 쉴 틈도 없이 긴박하게 돌아가고 있었기 때 문이다.

일단은 그녀를 살려야겠다는 생각에 수술동의서에 사인을 했다.

"김인영님 남편 되시는 분!"

난 어느새 그녀의 남편으로 되어있었다.
"휴우~ 내가 지금 무슨 일을 하고 있는지 모르겠네…"

그녀가 수술을 하는 동안 참으로 많은 생각들이 스쳐 지나갔다. 하지만…

"아무리 못된 여자라 할지라도 인간의 생명은 다 고귀한 거지. 하늘이 그녀를 이 세상에 내려 보냈을 때는 다 그만한 이유가 있을 거야. 그 분이 어떤 분이신데… "

그녀는 분명 얼굴을 떠올린다는 그 자체만으로 온몸에 소름 돋게 만드는 섬뜩한 존재였다. 하지만 막상 수술이 시작되자 난 그녀가 제발 무사히 잘 끝나기만을 진심으로 기도했다.
"부디…"

수술은 다음날 새벽 1시가 다되어서야 비로소 끝났다.

보호자 대기실에서 식사도 하지 않은 채 결과를 기다리고 있던 난 수술을 집도한 의사가 나오자 흥분된 목소리로 물었다.

"그래, 수술은 잘 끝났습니까?"

"생명에는 지장이 없을 것이오. 다만 걱정되는 것은 사고 때의 충격으로 뇌가 약간 손상되었다는 것이 아무래도…"

수술을 담당했던 의사는 어떤 확답대신 말꼬리를 흐리며 지친걸음으로 사라져 버렸다. 난 그녀가 중환자실로 옮겨지는 것을 보고난 후에야 비로소 집으로 되돌아왔다.

"휴우! 무척이나 긴 하루였어… 오늘은…"

난 다음날 점심나절이 지날 때까지 깊은 단잠에 빠졌다.

하지만…

"이봐 순애!"

가게 겸 숙소에서 세상모르게 곯아 떨어져 자고 있는데 누군가 거칠게 내 이름을 부르고 있었다. 응삼아저씨였다.

"아니 어제 저녁에는 어떻게 된 거야? 가게 문이 계속 열려진 채로 있던데."

난 웃으며 응삼아저씨를 반겼다. 그리고는 커피 한잔을 타서 그에게 건네주며 말했다.

"아저씨가 어젯밤에 우리 집 가게 문을 닫아 놓으셨어요?"
"아무리 기다려도 나타나지 않아 내가 대신 닫아주었지. 도둑이라도 들면 큰일이지 않는가?"
"매번 신경 써줘 감사해요."
"그건 그렇고 대체 어젯밤에 무슨 일이 있었길래 가게 문까지 훤히 열어놓은 채 그렇게 다급하게 사라 진거야?"
"아, 그거요. 사실은…"
모든 것을 사실대로 말하려 하다가 잠시 멈칫했다.

응삼아저씨는 사람은 좋은데 입이 좀 헤퍼서 무슨 일만 생기면 온 동네 다 떠벌리고 다니는 스타일이기 때문이었다.

"희망부동산 조가의 말에 의하면 자네가 어제 저녁때 어떤 여자와 함께 119차를 같이 타고는 어딘가로 다급히 가더라고 하던데."
"아, 그거요?"

난 곤혹스런 표정을 지으며 커피 잔을 입에 댔다.
괜히 말을 잘못 꺼내게 되면 뜻하지 않은 오해를 불러일으킬 소지가 다분했다. 그렇다고 모든 것을 사실대로 다 털어 놓자니 그 역시 왠지 모르게 마음에 걸렸다. 하지만…
"혹시 그 여자 마귀할멈 아냐?"

응삼아저씨는 집요하게 다시 물었다.
난 부정하듯 고개를 강하게 저었다.

"아뇨!! 내가 왜 그 여자를?"
"하긴… 설령 사고가 났다고 할지라도 자네

가 그 여잘 119에 신고할 이유가 없었겠지.”

“……”

“여하튼, 동네사람들 대부분은 지금 마귀할멈에게 중대한 사고가 일어났기만을 은근히 바라고 있다네. 그렇게 못된 여자는 천벌 받아 마땅하다고 다들 난리들이지 뭔가. 사람들의 피와 눈물을 빨아먹고 사는 흡혈귀라고 하면서 말일세.”

웬지 모르게 가슴이 아팠다.

불과 어제까지만 하더라도 응삼아저씨의 말에 동조했을 것이다. 하지만 지금은 달랐다. 그 어떤 사람에게도 사랑 받지 못하고 오직 미움과 증오의 대상이 되어버린 그녀가 어딘지 모르게 너무 가엾게만 느껴졌다.

“이봐. 무슨 생각을 그렇게 골똘하게 하는 거지?”

커피 잔을 입에 댄 상태에서 잠시 무슨 생각인가를 하고 있는데 응삼아저씨가 한쪽 어깨를 톡 쳤다.

난 그제야 비로소 싱겁게 웃으며 고개를 흔들

었다.

"아…아닙니다."
"이유야 어쨌든 마귀할멈의 모습이 잠시라도
보이지 않으니까 세상 살맛이 절로 나는 거 같
지 않은가?
하하하."

비록 단 하루뿐이기는 하지만 그녀의 부재는
분명 상가사람들에게 크나큰 기쁨이 되었다.

"저, 어디 좀 잠시 다녀올게요!"

내가 다시 병원 중환자실을 찾았을 때 그녀는
깊은 잠에 빠져있었다.
그녀의 상태를 묻자 담당 간호사는 웃으면서
짤막하게 대답했다.

"다행히 수술은 잘 된 거 같아요."

머리에 붕대를 감은 상태에서 호흡기를 착용
한 채 곤히 자고 있는 그녀를 한동안 물끄러미

바라보자 이상하게 맘이 참 짠해졌다.

　그저 외롭고 가여운 한 인간에 불과할 뿐인데…
"그래도… 살아나서 다행이에요."
　난 마음속으로 다짐했다. 세상의 모든 사람들이 그녀를 향해 손가락질 하더라도 나만은 결코 그녀를 미워하지 않으리라고.

"다…당신은 누구죠?"

　그로부터 이틀 후였다. 호흡기를 제거하고 의식을 되찾은 그녀가 날 보며 가장 먼저 한 말이었다.

"깨어났군요! 정말 다행이에요."

　그녀는 한동안 무엇인가를 계속 생각하는 것 같더니 재차 물었다.

"다…당신은 누구고… 나…난 또 누구죠?"

깊은 잠에서 깨어난 그녀의 눈빛은 온통 어떤 두려움과 낯설음으로 가득 차 있었다.

"그…그게…"

하지만 난 당혹스러움으로 무엇을 어떻게 말해야 할지 몰랐다. 그녀가 아무 것도 기억하지 못하고 있는 것만 같았기 때문이었다.

"내가 누구인지 모르겠어요?"

그녀는 금방이라도 울음을 터뜨릴 것만 같은 표정을 짓고 있었다. 난 순간적으로 수술을 집도했던 의사의 말이 생각났다.
뇌에 손상을 입어 어떤 후유증이 나타날지 모른다는…

그녀는 강도들에게 둔기로 머리를 얻어맞을 때의 충격으로 기억상실증에 걸린 것이 분명했다.
난감한 표정을 지으며 어쩔 줄 모르고 있는데 그녀가 다시 물었다.

"난 누구죠? 내가 여기에 왜 누워 있는 거죠?"

"기억 안나요? 당신은 며칠 전 강도들이 휘두른 둔기에 머리를 맞고는 그만 정신을 잃어버렸었는데…"

"내가 강도들에게요? 난 아무 기억도 없는데… 내가 누군이지… 내가 여기에 왜 누워있는… 그저 아무것도…"

그녀가 괴로운 듯 자신의 얼굴을 두 손으로 감싸 쥐려 할 때였다. 담당 의사가 간호사와 함께 병실 안으로 들어왔다.

"남편분께서 오셨군요. 그러지 않아도 몇 가지 당부의 말씀을 드리려했는데."

담당의사는 계속 병실을 지키고 있는 날 아무런 의심 없이 그녀의 남편으로 착각하고 있는 것 같았다.

아무것도 모르는 그녀는 의사의 말을 듣는 순간 내 얼굴을 빤히 쳐다보며 되묻듯 말했다.

"그럼, 당신이 내 남편?"

잠시 당혹스러운 표정을 짓고 있을 때였다.
의사가 다시 말했다.
"이런 경우는 극히 드문데 사고 때의 충격으로 부인께서는 안타깝게도 예전의 기억들을 모두 상실해버린 듯합니다."
"……!!"
"힘들겠지만… 예전의 기억을 다시 되찾으려면 남편 되시는 분이 옆에서 많이 도와주셔야 할 것입니다."
난 얼떨결에 기억 상실증에 걸린 그녀의 남편으로 둔갑되어져 있었다.
갑자기 머릿속이 멍해졌다. 지금 와서 모든 것을 사실대로 털어놓는다는 것도, 그렇다고 언제까지 그녀의 가짜남편 행세를 계속할 수도 없는 상황이었다.

"네… 잘 알겠습니다…"
난 일단 그녀가 병원에 입원해 있는 동안만이라도 그녀의 가짜남편행세를 하기로 했다.

섣불리 모든 것을 사실대로 털어놓으면 그녀에게 오히려 더 큰 혼란만 가중시킬 거 같기 때문이었다.

그리고 무엇보다 지금은 곁에서 그녀를 돌볼 누군가가 절대적으로 필요했다.

"내일 다시 찾아올게요, 그럼…"

여전히 의아한 표정을 짓고 있는 그녀를 뒤로 하고 병실에서 나왔다. 마음이 편치 않았다.

"아, 앞으로 어떻게 해야 되나?"

난 얼결에 다음날부터 그녀의 가짜남편 역할을 훌륭하게 해나갔다. 식사도 대신 먹여주고, 아름다운 시도 읽어주고, 음악도 들려주고, 유쾌한 농담도 가끔씩 던져주며 그녀가 한시라도 빨리 예전의 기억을 되찾을 수 있도록 최선을 다해 도와주었다.

그리고…

"그래, 그녀의 기억이 돌아오는 날 모든 것을 사실대로 털어놓지. 그리고… 용서를 구한 후 그녀 곁을 떠나자…"

나의 노력 때문인지는 몰라도 그녀는 점차 안
정을 찾아갔다. 그러면서 굳게 닫혀있던 마음
의 벽도 서서히 열리기 시작했다.

  탐욕으로 가득 찼던 눈동자도 어느덧 티끌 하
나 없는 맑고 순수한 천사의 눈빛으로 바뀌어
져갔다.

  "와, 드디어 퇴원이다!!"

  예정보다 일찍 퇴원하게 되던 어느 날이었다.
  사랑하는 사람과 함께 살았던 보금자리로 돌
아간다는 사실에 그녀는 아침부터 한껏 들떠
있었다.

  "내가 그동안 살던 집은 어떨까? 커튼은 무슨
색이고, 주방은 어떻게 꾸며져 있으며, 베란다
에는 어떤 꽃들이 심겨져 있을까?
  여보, 나 지금 생각만 해도 너무 흥분되고 떨
려요."
  하지만 내 얼굴은 그녀와 정반대로 짙은 먹구
름만 드리워져 있었다.
  "여보! 나 오늘 정말 퇴원하는 거 맞아요?"

"으응… 그래."

"그런데 당신은 내가 퇴원하는게 기쁘지 않아요?"

"기뻐, 아주 많이."

"그런데 왜 화난 사람처럼 그렇게 인상을 찌푸리고 있는 거죠? 무슨 안 좋은 일이라도 있어요?"

"으응… 그건…"

그녀가 퇴원하는 것이 곧 이별을 의미한다는 것을 그 누구보다 잘 알고 있는 난 결코 웃을 수가 없었다.

어느새 그녀를 사랑하게 되었기에…

"여기가 당신 집이야. 어서 들어가 봐."

그녀를 집 앞에 내려놓고 마지막 작별인사를 고하려 할 때였다. 집으로 돌아왔다는 생각에 기분이 들떠있던 그녀가 의아한 표정을 지으며 물었다.

"당신은요?"

"난… 바쁜 일이 좀 있어서…"

"아무리 그래도 그렇죠. 어떻게 집에 들어가

보지 않고 그냥 갈 수 있어요. 더구나 오늘은 내가 병원에서 퇴원하는 특별한 날인데…"

"그게 사실은…"

"그러지 말고 일단 나랑 같이 들어가요."

그녀는 더 이상 말할 기회도 주지 않은 채 낚아채듯 내 한쪽 팔을 끌고 집안으로 들어갔다.

며칠 전에 미리 와서 깨끗하게 청소해놓은 탓에 내부는 강도가 들기 전과 크게 달라진 것이 없었다.

"여기가 우리 집… 근데…"

그녀는 혹시라도 잃어버렸던 기억을 되찾는 데 도움이 될까 해서 주변을 유심히 살폈다. 하지만…

"아무래도 난 이제 그만…"

몇 번이고 집밖으로 도망치려 했다.

행여 그녀가 옛 기억을 되찾거나, 우리 사이를 알게 된다면 모든 것이 단번에 들통 나게 될 것이고, 그러면 난 그녀가 끔찍이도 사랑하는 남편에서 순식간에 천하에 둘도 없는 사기꾼으로 전락할 처지에 놓이기 때문이다.

"여보!"

안방에서 다시 거실로 나온 그녀가 의아한 표정을 지으며 대뜸 날 불렀다.

난 순간 도둑질하다 들킨 사람처럼 화들짝 놀라며 대답했다.

"왜.. 내게 물어볼 말이라도 있는 거요?"

"참 이상해요."

"뭐가요?"

"당신과 내가 부부라면 결혼사진이나 함께 찍은 사진이라도 한 장 정도는 있어야 하잖아요. 그런데 이상하게 아무리 찾아봐도 그런게 전혀 없어요. 그리고…"

"……"

"당신과 내가 여기에서 계속 같이 살았다면 당신이 입었던 옷가지나, 화장품, 넥타이, 혹은 구두 같은 물건들이라도 있어야 할 텐데 이상하게 내가 쓰던 물건들 밖에 보이지 않아요."
"그…그건…"

난 잠시 당혹스러운 표정을 지었다.
그러다가 갑자기 태도를 바꿔 건조하고 차가운 목소리로 버럭 고함질렀다.

"당신 지금 그걸 몰라서 물어요?"
"……?"

항상 따스하고 부드러운 눈길로 대하던 내가 갑자기 버럭 고함을 지르자 그녀는 자신도 모르게 화들짝 놀라며 두 눈을 크게 떴다.

"당신과 나, 사실은 지금 별거중이란 말이오. 결혼사진들을 비롯한 내 흔적들은 당신이 홧김에 다 불태워버려서 하나도 남지 않은 것이고."
"우리가 현재 별거 중이었다고요? 우리처럼 다정한 부부가요?"
"그래요. 아주 오래전부터…"
"당신과 난 하루도 떨어져 지낼 수 없을 정도로 서로를 끔찍이 사랑하고 아껴주는 그런 사이인줄로만 알고 있었는데… 어떻게 그런 일이?"

그녀는 도저히 못 믿겠다는 표정을 지으며 힘없이 고개를 떨구었다.

방금 전까지만 해도 신혼여행에서 막 돌아온 신부처럼 이 세상에서 가장 들뜨고 행복한 표정을 짓고 있던 그녀의 얼굴엔 어느새 짙은 먹구름이 드리워져 있었다.

"당신은 이 세상에서 가장 이기적인 여자였소. 오직 자신과 돈밖엔 몰랐었지. 단 한 번도 남의 입장을 헤아려 주거나 아량을 베푼 적이 없었단 말이요."

"그…그럴 리가?"

"모든 것을 자신의 뜻대로만 하려했고 사람들을 철저하게 무시하고 짓밟아 버렸었지.

설령 그 대상이 당신의 남편이라고 할지라도…"

그녀는 못 믿겠다는 표정을 지으며 고개를 흔들었다.

"내가… 내가 정말 그런 여자였나요?"

"당신이 지금 상상하고 있는 것보다 훨씬 더 못된 여자였소. 이 집안만 봐도 알 수 있을 거요.

난 밝고 화사한 파스텔 색상을 좋아하는데… 당신은 마치 세상과 단절한 사람처럼 모든 것을 블랙 톤으로 꾸며 놓지 않았소. 마치 무덤 속처럼…

어찌 이렇게 숨 막히는 곳에서 당신과 함께 지낼 수 있단 말이오."

"……"

말이 채 끝나기도 전에 그녀의 두 눈에서는 하얀 눈물이 쏟아져 내렸다.

예전에 자신이 그렇게 못된 여자였으리라고는 감히 상상조차 할 수 없다는 표정이었다.

기억상실증에 걸려 괴로워하고 있는 그녀에게 너무 심한 말을 하지 않았나 싶기도 했다. 하지만 헤어짐을 정당화하기 위해서는 어쩔 수 없는 일이었다.

"그럼 부디 행복하길…"

마지막 인사를 고하자 그녀는 큰소리로 흐느껴 울기 시작했다. 차마 발걸음이 떨어지지 않았지만 달리 방법이 없었다.

　그렇게 그녀와 아픈 이별을 한지 일주일 정도 지났을 때였다. 식료품 가게에 앉아 이런저런 생각을 하고 있는데 한통의 전화가 걸려왔다.

"여, 여보세요. 저 인영이에요."
"……!!"

　그녀라는 말에 갑자기 울컥했다.

　그동안 표현은 하지 않고 있었지만 그녀가 어떻게 살아가고 있는지, 몸 상태는 어떤지, 밥은 잘 챙겨먹고 있는지, 혹시 잃어버렸던 기억을 다시 되찾은 것은 아닌지 따위의 생각들로 가득 차 있었기 때문이었다.
"다…당신 무슨 일로?"

　흥분된 가슴을 애써 진정시키려했지만 목소리가 계속 심하게 떨렸다. 전화선을 타고 들려

오는 그녀의 목소리 역시 긴장하고 있기는 마찬가지였다.

"오늘 바쁜 일 없으면 저녁 때 집에 좀 오실 수 있어요?"

"그…곳은 왜?"

"당신께 보여드릴 것이 있어서 그래요. 그럼 기다리고 있을게요."

황급히 끊어버리기는 했지만 그녀의 목소리는 어딘지 모르게 약간 들떠 있었다.

나는 오후 내내 고민하다가 저녁 늦게 가게 문을 닫고 그녀의 집으로 향했다.

철옹성처럼 2중, 3중으로 잠겨져있던 그녀의 집 현관문은 늦은 밤인데도 활짝 열려져 있었다.

문을 열어놓고 계속해서 내가 오기만을 기다리고 있는 것이 틀림없었다.

"어서 와요!"

안으로 들어가자 그녀가 환하게 웃으며 반겼다.

"꼭 오리라 믿었어요. 그러지 말고 어서 여기에 앉아요."

그녀는 미소를 지으며 3단 케이크 위에 초 몇 개가 은은한 불을 밝히고 있는 테이블로 날 인도했다.

오랜만에 마주하는 자리여서 그런지 두 사람 사이에는 잠시 침묵이 흘렀다.

"그래, 무슨 일로 날."

내가 먼저 침묵을 깨자 그녀가 약간은 긴장한 음성으로 조용히 입을 열었다.

"앞으로는 무조건 당신의 뜻에 따르겠어요. 그것이 설령 옳든 그르든 당신이 하고자 하는 일이라면 무조건 믿고 따를게요."

"……?"

"사죄하는 마음으로 순종하며 살게요. 그러니 예전에 혹시 제가 어리석어 당신 마음 아프게 했거나, 당신에게 잘못한 일들이 있으면 부디 너그러이 용서해주세요."

"……"

"당신과 헤어져 지낸 일주일 동안 전 아무것도 할 수 없었어요. 그저 눈물을 흘리며 당신처럼 좋은 사람을 가슴 아프게 했었던 지난날의 나 자신을 한없이 원망하고 질책할 뿐이었어요.

당신이 내게 얼마나 소중하고 귀한 존재인지 바보처럼 이제야 깨달았나 봐요."

"다… 당신 지금…"

"여보! 부디 절 용서하고 이제 이곳에서 저와 함께 살아요."

그녀는 가슴이 미어지는지 더 이상 말을 잇지 못했다. 그저 작고 얇은 입술만이 파르라니 떨리고 있었다.

"당신은 정말 좋은 사람 같아요. 그런 당신에게 버림 받는다면 제 인생은 이제 아무런 의미가 없을 거예요.

제가 가엾게 생각된다면 부디 절 이대로 혼자

내버려 두지 마세요. 제발…"

　머릿속이 복잡해졌다.
　예상치 못한 일이기에 당혹스럽고 혼란스럽기만 했다. 하지만 그 순간 문득 그런 생각이 들었다.
　이제 다시는 그녀의 두 눈에서 저토록 슬픈 눈물이 흐르게 해서는 안 되겠다는…
　"알았으니 이제 그만 울어요."

　손수건을 꺼내 그녀의 얼굴에 묻어있는 눈물을 닦아주었다. 그리고 방금 전과는 사뭇 다른 차분하면서 따스한 음성으로 그녀에게 말했다.

　"그래요. 이제부터 당신과 나, 지난 시절의 기억들은 모두 잊어버리고 새롭게 다시 시작하도록 해요.
　지금부터는 내가 당신의 진짜 보호자가 되어줄게요. 영원히…"
　"보호자?"
　"그래요, 보호자! 당신을 부양해야할 의무를 맡고 있는."

"내가 평생 의지하며 붙들고 살 아주 멋지고 근사한 사람이 되어주세요."

두 사람은 누가 먼저라 할 것 없이 동시에 서로의 입술을 찾았다. 그렇게 한동안 이 세상에서 가장 달콤하고 열정적인 키스를 나누었다.

"이제 그만 불을!"
촛불을 끄고 방안의 불을 환하게 밝혔을 때였다.
주위를 살피던 난 믿지 못하겠다는 표정으로 그녀의 얼굴을 빤히 쳐다봤다. 불과 일주일 전만 하더라도 온통 암흑처럼 어둡고 냉랭했던 실내분위기가 어느새 밝고 따스한 파스텔톤으로 바뀌어져 있었기 때문이다.
"당신을 위해 모든 것을 다 바꿨어요. 실내장식뿐만 아니라 내 마음까지도… 이제 마음에 드나요?"
"무, 물론이요. 너무나 마음에 들어요!"

난 아직 다 흘러내리지 못한 눈물이 맑게 고여 있는 그녀의 두 눈을 빤히 쳐다보며 말했다.

"알아요. 이것이 원래 당신 마음이었다는 것을…"

우린 그 후 지금까지의 우울한 그림자를 벗어던지고 새로운 그림을 그려 나가듯 한동안 꿈처럼 아름답고 행복한 나날을 보냈다.
또한 주변의 불우한 이웃들을 돕고, 봉사하는 나눔의 삶을 실천하면서…

"여보, 아들이야! 이제 나도 아빠가 된거라구."

그러는 사이 사랑하는 아이도 태어났다. 한동안 더없이 행복한 나날들이 계속되었다.
하지만…

"여보! 조심해!"
그럴수록 혹시 예전의 기억이 되살아날까봐 그 불안감은 날로 커져만 갔다.
집안에 그녀에게 충격을 가할만한 물건이 보이면 그 즉시 치워버렸고, 긴거리 걸을 때조차 만에 하나 넘어지거나 사고라도 날까봐 손을 꼭 잡고 다녔다.

"자! 식사들 해요!!"

우린 일요일이면 가게 문을 닫고 교회를 같이 나갔다.
예배가 끝나면 목사님, 교인들과 함께 역 앞에서 노숙인들을 상대로 자장면 봉사를 했다.
그리고 틈틈이 시간 내서 주변에 있는 독거노인 분들이나 소년소녀 가장 등 도움이 필요한 사람들을 물심양면으로 보살폈다.

"와! 천사가 나타났다!!"

예전에 마귀할멈으로 불리던 그녀는 어느 순간부터 거리의 천사로 불리기 시작했다.
처음엔 결벽증이 있어 머뭇거렸지만 곧 노숙자와 스스럼없이 악수하거나 포옹하는 일도 대수롭지 않게 여길 정도가 되었다.

그러던 어느 날이었다.

"저… 드릴 말씀이…"

노숙자 식사봉사를 마치고 잠시 티타임을 가지려 하는데 두 명의 사내가 그녀를 찾아왔다.
"당신들은 누구죠?"

사내들은 예전에 그녀의 상가에 세 들어 살던 세입자들이었다.
그들은 무슨 말인가를 하려고 하더니 갑자기 무릎을 털썩 꿇었다.

"부디… 용서해 주세요…"
"무슨 일로?"
"예전에 있었던 강도사건… 사실은 저희들이 저지른 일입니다."
"……!!!"

그들은 예전에 그녀의 상가에 세 들어 살다가 권리금도 못 받고 쫓겨났던 사람들이었다.
보증금도 다 까먹어 길거리에 나앉게 되자 돈 많은 그녀를 상대로 강도질을 한 것이다.

"돈도 돈이었지만… 그땐 정말이지 당신을 죽이고만 싶었어요. 당신이 최소한의 자비만 베풀어주었어도 우리가 그렇게 벼랑 끝까지 내몰리지는 않았을 테니까요."

"……"

"그래서 복수하기로 결심하고 당신을 죽이러 갔던 것이지요."

"그런데… 지금에 와서 왜 절 찾아온 거죠?"

"용서를 빌러 왔어요."

"용서요?"

"당시엔 당신만 죽으면 많은 사람들이 행복해지리라 생각했어요. 하지만 그 이후에 변한 당신 모습을 보면서 우리의 생각이 잘못 됐다는 것을 깨닫게 됐어요."

"아니에요. 전 그 당시나 지금이나 여전히 죽어 마땅한 죄 많은 사람일 뿐이에요."

"주변을 보세요. 당신 한 사람으로 인해 얼마나 많은 사람들이 행복해하고 감사하고 있는지…"

고개를 돌려보니 식사를 끝낸 노숙자들이 삼삼오오 짝을 지어 커피 한 잔을 마시며 담소를 나누고 있는 모습이 보였다.

　분명 외적으로 풍기는 분위기는 초라하고 남루해 보였지만 그들의 얼굴은 세상 그 어떤 높은 위치에 있는 사람들보다 행복하고 평온해 보였다.

　"오히려 전 지금껏 당신들에게 고마워하며 살았어요. 당신들이 아니었다면 전 지금도 여전히 제가 죄인인지도 모르고 살았을 거예요."

　그녀는 사내들을 일으켜 세우지 않았다.
　그들과 같이 무릎을 꿇었다. 그리고 그들에게 축복기도를 해준 후 함께 자리에서 일어났다.

　"용서는 없어요. 제겐 그럴 자격도 없구요. 대신 마음이 편치 않으면 다음 주부터 노숙자 식사봉사 할 때 같이 나와서 좀 도와주세요. 요즘 일손이 부족하거든요."

　그녀는 사람들과 이렇게 친구가 되었고, 또 주변에 있는 모든 사람들을 행복하게 만들어주었다.

그렇게 모든 것이 꿈처럼 흘러가던 어느 날이었다.

"드디어 오늘이 마지막 날이군. 두 배우님들 최선을 다해 촬영에 임해주시기 바랍니다!"

그녀의 생일을 얼마 남겨놓지 않았을 때였다.
그 날 개봉하려고 가족들이 그동안 함께 연출한 홈비디오 마지막 장면을 찍기 위해 분주하게 움직이고 있을 때였다.

"두 사람 아주 좋아요! 그 상태로 계속 최선을 다해주세요!"

마지막장면 <행복한 가족 편>을 촬영하기 위해 아들 주찬이와 그녀가 침대 위에서 서로 간지럼을 치며 함께 장난치는 장면을 연출할 때였다.

"어, 위험해!!"

그녀가 갑자기 중심을 잃으며 그만 침대 아래로 굴러 떨어지는 사고가 발생했다.

"으악!!!"

순간, 어떤 알 수 없는 불길함을 느끼며 재빨리 그녀를 일으켜 세웠다. 하지만 머리를 바닥에 부딪친 그녀는 정신을 잃은 상태로 한동안 가만히 있었다.

"여보! 정신 차려!"

몇 차례 계속해서 그녀를 흔들었을 때였다. 시체처럼 축 늘어져 있던 그녀가 조심스럽게 두 눈을 떴다.

"여보! 괜찮아? 이제 정신이 좀 들어!"

주찬이도 다가와 걱정스런 눈빛으로 그녀에게 말했다.

"엄마, 미안! 이제 괜찮아?"

그때였다. 두 사람을 번갈아 쳐다보던 그녀가

약간은 겁에 질린 표정으로 입을 열었다.

"다, 당신들은 누구?"
"……!!"

가슴이 쿵하고 내려앉는 느낌이었다.

혹시라도 어떤 작은 사고로 인해 그녀의 기억이 예전으로 되돌아갈까 걱정했는데 비로소 그때가 왔다는 느낌이 들었다.

그동안 너무 행복해서 잠시 부주의한 것이 잘못이었다.

"다… 당신은 누구냐고?"

그녀의 음성은 이미 방금 전에 보았던 그 해맑고 따스한 것이 아니었다. 어떤 알 수 없는 두려움과 공포에 휩싸여 있으면서도 차가운 냉기가 흐르고 있었다.

"그… 그게?"

순간적으로 그녀가 예전의 모습으로 다시 되돌아갔다는 것을 확신할 수 있었다.

함께 지내는 동안 내내, 단 하루도 예외 없이 그녀의 기억이 되살아날까봐 가슴 졸이며 살았었는데 그 우려했던 일들이 현실로 일어난 것이다.

　난 맘속으로 그저 이렇게 외칠 수밖에 없었다.

　'오, 주여! 제발 이것이 꿈이기를…'

　그동안 그녀 몰래 의학서적을 뒤져보기도 하였고, 의사를 찾아가 자문을 구해보기도 했다.

　또한 심한 충격을 받으면 예전의 기억을 되찾을 수 있다는 말에 집안에 있는 물건들 중에서 단단하거나 딱딱한 물건들은 될 수 있으면 눈에 잘 띄지 않는 곳으로 모두 치워버렸다.

　이런 노력 덕분에 다행히 그동안 큰 사고 없이 잘 넘겼다고 생각했는데, 전혀 예상치 못한 곳에서 뜻밖의 사고가 발생한 것이다.

　"지금 묻잖아요? 당신은, 그리고 그 옆에 있는 꼬마는 누구냐고?"
　"그게 있잖아요… 그게…"

"더구나 내 방안에서 그런 잠옷차림으로?"

"그건…"

"아아악!"

예전의 기억으로 되돌아간 그녀의 눈엔 나와 주찬이가 그저 낯선 이방인에 불과할 뿐이었다.

너무 갑작스런 일인지라 그 어떤 말도 할 수 없었다.

그동안 일어났던 일들을 일일이 설명하기엔 너무도 많은 시간들이 필요했기 때문이다.

"지금 당장 내 눈 앞에서 꺼지지 않으면 경찰을 부를 거야. 그러니 나가! 어서 썩 나가란 말야!"

그녀의 눈빛은 어떤 알 수 없는 적의와 분노로 불타고 있었다.

잠시 생각에 잠겼던 난 모든 것을 체념한 듯한 표정으로 담담하게 말했다.

"알겠어요. 오늘은 이만 물러나리다."

목구멍으로 치밀어 오르는 어떤 격정을 겨우 누르며 주찬의 손을 꼭 잡았다.

비록 나이 어린 주찬이었지만 전에 몇 번이나 주의를 주며 말했기에 지금 어떤 상황인지는 조금은 아는 눈치였다.

"어…엄마!!!"

너무나 갑작스런 상황에 주찬은 어찌할 바를 몰라 하다가 눈물을 와락 쏟았다.

그렇게 행복했던 가정은 한 순간에 어떤 알 수 없는 불행 속으로 빨려 들어갔다.

"이 사기꾼! 도둑놈아! 당장 내 눈앞에서 꺼져버려!"

다음날 다시 찾아와 그동안 있었던 일들에 대해 대략적으로 설명을 해주었지만 그녀의 마음은 요지부동이었다.

아니 예전 마귀할멈으로 불릴 때보다 더 표독해지고 매정해진 것만 같았다.

"알았으니 이제 그만해요. 나 역시 예전의 당신과는 같이 있고 싶은 생각이 없소.
떠나드리지요. 당신이 가지 말라고 애원해도 내 기꺼이 떠나 드리지요. 그럼…"

그녀는 그동안 나와 주찬이가 쓰던 물건들을 죄다 밖으로 집어 던졌다.
난 하는 수 없이 주찬이와 집에서 나와 가게에서 잠자고 기거하며 그녀가 착하고 자상했던 얼마 전의 모습으로 되돌아오기만을 기다리고 있었다.
그러던 어느 날이었다.

"저예요."

그녀로부터 한번 만나자는 연락이 왔다.

"그래, 무슨 일로?"

불과 일주일 정도의 시간밖에 안 흘렀는데도 불구하고 그녀의 얼굴은 몰라볼 정도로 야위어 있었다.

마치 오랜 투병생활을 하고 있던 환자처럼…

"나… 이번 주에 여행 가려고 해요."

"……!!!"

"이모님이 계신 캐나다로."

"……"

"생각을 해보겠어요. 당신과 주찬이에 대해…"

"……??"

"당신들을 가족으로 받아들일 수 있는 마음이 들면 이번 성탄절 날까지 돌아오겠어요. 하지만 지금의 이 불쾌하고 더러운 기분이 계속 지속되면 그냥 그곳에서 다시는 돌아오지 않으려고 해요."

"……"

"만약이지만… 그전까지 돌아오지 못하거나 연락이 없으면… 나란 존재는 깨끗이 잊고 주찬이와 새 출발해요."

"……!!"

"기대는 하지 않는 것이 좋을 거예요. 내가 당신들을 다시 찾을 확률은 10프로도 채 되지 않을 테니까요… 그럼 전 이만…"

그녀는 커피 몇 모금을 삼키기도 전에 자신의 말만 일방적으로 하고는 쌩하니 나가버렸다.

그런 그녀의 매정한 뒷모습을 바라보는 내 가슴엔 어떤 알 수 없는 먹먹한 슬픈비만 하염없이 내리고 있을 뿐이었다.

그런데…

〈엄마의 비밀일기〉

카페에서 남편과 헤어진 후 10여분이나 지났을까.

심한 현기증을 느끼며 난 바닥에 쓰러졌다.

눈을 떴을 때는 119 차량 안이었다.

"이제 좀 정신이 드세요?"

어렵게 눈을 뜨니 119 대원 중 한명이 안도의 한 숨을 내쉬며 미소를 지어보였다.

"내가… 왜 여기에?"

"길에 쓰러져 있는 것을 지나던 시민이 연락 주셨어요."

"아… 그랬군요… 근데… 지금 어디로 가는 거죠?"

"일단 가까운 병원으로 옮기려구요."

"그럼 그냥 여기에 내려 주세요."

"지금 이 상태로는 위험해요."

"괜찮아요. 어차피 근처 병원 가도 아무 소용 없어요."

"……!!"

"저… 내일 수술 받으러 캐나다로 떠나야해요. 이미 예약도 되어 있구요."

"어디가 그리 많이 아프시길래?"

"뇌종양이에요… 그것도 말기…"

"……!!!!"

"하아~ 수술 잘 되도 살아날 확률이 10프로도 안 된다고 하더군요… 그게…"

그때였다. 옆에 있던 구급대원 중 한명이 탄식하듯 깊은 한숨을 내쉬었다.

"아… 아…"

가슴에 '김현수'라는 이름이 쓰여 있는 남자대원은 절망적인 표정을 지으며 젖은 음성으로 겨우 말했다.

"건강한 당신을 다시 만나게 되서 나도 모르게 감사의 기도를 드렸는데… 방금 전까지 맘속으로… 그런데…"
"그게… 무슨?"

남자대원은 가만히 옛 기억 하나를 담담하게 풀어놓기 시작했다.

"몇 년 전이었죠. 제가 119대원이 된 후 처음으로 출동한 곳에서 한 여자를 만나게 되었습니다."
"……?"
"그녀는 강도가 휘두른 둔기에 머리를 맞아

출혈과다로 금방이라도 죽을 듯 했죠. 그때 전 그녀를 병원으로 이송하는 동안 내내 간절하게 기도를 했었답니다.”

“……!!”

“살려달라고요… 제발 살려달라고요…”

“……!!”

“그녀가… 의식이 약간 돌아온 그녀가 계속 그렇게 중얼거렸거든요… 그래서 저도 힘이 되려고 같이 주문을 외듯 그렇게 한참을 간절히 기도 했었죠…”

“……”

남자대원은 잠시 숨을 한 번 내쉬더니 가볍게 말문을 다시 열었다.

“그땐 그런 생각을 했어요. 이 여자는 왜 이렇게 살려달라고 간절히 애원할까… 무슨 미련이 그리 많이 남아서 이토록 절절하게…”

“……”

“그 이유는 모르겠지만… 살았으면 좋겠구나… 살려줬으면 좋겠구나… 그랬는데… 기적처럼 다시 살아났죠.”

"······??"

"그래서 지금 이렇게··· 다시 만나게 되었는데··· 인사를 나누기도 전에··· 이번엔 뇌종양 말기라니··· 하아~ 기가 막혀 말이 안 나오네요···"

남자대원은 깊은 한숨을 토해냈다.
눈가는 촉촉이 젖어 있었다.

"그럼 그때 날 병원응급실로 데려갔던 분이···"

"예, 맞아요."

"죄송해요. 당신의 수고가 헛되게 만들어서."

"아닙니다. 기도는 다시 하면 되요. 지금보다 더 안 좋았던 그때도 살아 나셨는데··· 그깟 뇌종양쯤이야, 뭐···"

"부탁드립니다."

"······??"

"기도 좀 해주세요. 지난번처럼··· "

"······!!"

난 염치없이 남자대원의 손을 덥석 잡았다.

그만큼 절실했다.

"지금 제겐 기적이 필요해요. 이번엔 정말이지 그 때보다 백배, 아니 천배 더 꼭 살아야 할 이유가 있어요.

그러니 제발 절위해 기도 좀 해주세요. 제발…"

"……!!!"

다음날 아침 일찍 난 집을 나와 인천공항으로 향했다.

내가 수술 중 사망했을 때를 대비하여 사후의 상속을 비롯한 모든 법적절차와 문제들은 평소 잘 알고 지내던 유변호사에게 모두 일임한 상태였다.

수술을 기다리며 병실 창밖을 바라보는데 계속 눈물이 흘러나왔다.

어떤 문장으로도 표현이 불가능한 회한의 눈물이었다. 많은 인연들이 떠오르고 스쳐 지나갔다.

한 결 같이 미안하고 죄송스러운 맘뿐이었다.

"아!"

병실에 앉아 눈물짓고 있는데 이동용 간이침대를 끌고 남자간호사가 안으로 들어왔다. 그는 능숙한 솜씨로 날 그곳에 옮겨 실은 후 수술실로 향했다.

어쩜 이것이 세상과 대하는 마지막 순간이 될지도 모른다고 생각하니 너무도 그리운 두 얼굴이 더욱 선명하게 떠올랐다.

"여보… 주찬아…"

내가 세상에 태어나 가장 소중하게 생각하는 두 사람의 이름을 부르자 뜨거운 눈물이 길게 한줄기 흘러나와 백색시트를 적셨다.

"아…"

수술실로 들어가 두 눈을 지그시 감자 얼마 전에 있었던 일들이 주마등처럼 스쳐 지나갔다.

"아휴~ 양발 좀 뒤집어 벗지 말라고 그리

신신당부했건만…"

그날은 모처럼 한가한 휴일이었다.
그 사람과 주찬이가 배드민턴 친다고 근처 공원으로 나갔던…
난 모처럼 대청소와 빨래를 하기 위해 분주하게 움직이고 있었다. 그런데…

"으악!!!"

의자를 놓고 거실 커튼을 먼지떨이로 털다가 그만 옆으로 넘어졌다. 순간 내 머릿속은 방전된 것처럼 갑자기 암흑으로 변해버렸다. 그리고…

"아~ 머리야! 근데 여기가 어디지?"

그때 그 사고로 난 예전의 기억을 되찾게 되었다. 하지만 그건 결코 반갑거나 기쁜 일이 아니었다.

"저… 꼬마아인 누구지?"

머리가 깨지는 듯한 아픔이 엄습하면서 낯선 장면들이 계속 눈앞에 펼쳐졌다.

예전과 모든 것이 달라져 있었지만 가장 의아한 것은 거실에 걸려있는 사진 속 두 남자의 정체였다.

"마치 우리가 한 가족이라도 되는 것처럼 다정한 모습들이잖아. 이건…"

거실에 걸려 있는 가족사진이 젤 먼저 눈에 들어왔다.

하지만 내 옆에서 행복하게 웃고 있는 그들이 누구인지 기억이 나지 않았다.

"믿어지지 않지만… 그동안 나에게 아주 특별한 어떤 일이 일어난 것이 분명해… 그리고 그 사이에 내 기억에 없는 많은 일들이 벌어진 것도…"

난 흥분하지 않고 차분하게 옛 기억들을 더듬기 시작했다.

"이건 뭐지?"

혹시 기억 되찾는데 도움이 될까 싶어 주변을 두리번거리는데 가정용캠코더가 눈에 들어왔다.

난 별다른 생각 없이 캠코더의 재생버튼 눌러 보았다.

"아!"

캠코더 속에 나오는 난 이 세상에서 가장 행복한 사람이었다.

주찬이란 꼬마는 날 엄마라 부르고 있었고, 남자는 날 자신의 아내로 대하고 있었다.

서로 인터뷰하고, 게임하고, 요리하고, 골탕 먹이는 장면 등 우리 셋은 뭐가 그리 좋은지 잠시도 쉬지 않고 계속해서 웃음을 터트리며 즐거워했다.

"난… 살아가면서 단 한 번도 저렇게 행복하게 웃었던 기억이 없는데…"

앨범도 꺼내보았다.

처음부터 한 장씩 살펴보며 기억을 더듬어 보

앗다. 끊어졌던 필름이 다시 이어지듯 그동안의 기억들이 서서히 되살아나기 시작했다.

"아, 여보… 주찬아…"
어렵게 기억을 되찾은 내가 사랑하는 남편과 아들의 이름을 부르자 온몸에 소름이 돋기 시작했다.
그건 어쩌면 이번 일로 인해 어렵게 얻은 행복이 깨질지도 모른다는 어떤 막연한 두려움 같은 것이었다.

"아, 앞으로 어쩌지? 어떡하면 좋지?"

짧은 시간이었지만 고민을 거듭하며 방법을 찾았다.
그래서 얻은 결론은…

"그래. 모르는 척 하자. 마치 아무 일도 없었던 것처럼… 지금처럼 그냥 여전히 기억 상실증에 걸린 여자로 살자. 그러면 되는 거다."
난 기억이 돌아왔지만 여전히 기억상실증에 걸린 것처럼 살기로 했다.

조금 힘들었지만 행복했다. 다행히 그들도 그런 것 같았다. 그런데…….

"아, 머리가 왜 이렇게 아프지?"

어느 날부터인가 머리가 깨지는 듯 아파왔다. 병원에 갔더니 뇌종양이라고 했다. 그것도 말기…

수술도 거의 불가능하니 그냥 마음에 준비를 하라고 했다.

유명 대학병원으로 가보았지만 결과는 마찬가지였다.

"일반적으로 뇌에 3센티 정도의 종양이 있어도 수술이 어려워요. 그런데 환자의 뇌에는 8센티 정도의 종양이 자라고 있어 수술 중 사망확률 90% 이상이라고 보면 되요. 그리고…"

"……"

"설령 수술에 성공한다 할지라도 식물인간이 될 확률이 아주 높아요. 그러니 그냥 욕심 버리고 미음의 준비나 하는 것이 좋을 거 같아요."

일산 암센터를 찾은 나는 그 어떤 질문조차 해보지 못하고 그저 소리죽여 울기만 했다.

그동안 사람들의 눈에 피눈물을 나게 한 대가를 받는 거 같아 미칠 것만 같았다.

"이제 살만하다고 생각했는데… 이제 겨우 행복이 무엇인지 알았는데… 아, 이제 어쩐단 말인가… 그이는… 우리 주찬이는…"

남편과 상의할까했지만 그건 너무 잔인한 일 같았다.

내가 감기만 걸려도 잠 못 자고 걱정하는 사람이었다.

그런데 죽을병에 걸렸다고 하면 남편이 감당해야 할 슬픔과 고통은 상상 이상일 것이다.

아들 주찬이는 말 할 것도 없고…

"떠날 준비를 하자. 잠시 둘에게 못된 사람이 되더라도 고통은 나 하나로 끝내자."

난 결국 모든 것을 비밀로 하기로 했다.

그리고 두 사람과 매정하게 정을 끊고 혼자

만의 이별여행을 떠나기 위해 치밀하게 준비했
다.

"자, 그럼 오늘도 가정예배로 하루를 시작하
도록 하겠습니다."

아침마다 늘 드리는 가정예배였다.
찬송가를 부르는데 눈물이 주책없이 계속해
서 흘러나오려 했다.
도저히 안 될 거 같아서 찬양도중에 화장실로
달려가 와락 눈물을 쏟아 버렸다. 그리고는 마
치 아무 일도 없었던 것처럼 다시 웃으며 돌아
와 찬송가를 불렀다.
"주찬아! 이리와 봐. 엄마가 알려줄 게 있어."
틈나는 대로 주찬에게 혼자 밥 해 먹는 법, 옷
입는 법, 집안일 하고 세탁기 돌리는 법 등 생
활에 필요한 것들을 하나하나 일일이 가르쳐주
기 시작했다.

"엄마!"
"왜?"
"어디가?"

"엄마가 주찬이 두고 가긴 어딜 가?"

"근데 왜 어디 멀리멀리 떠나는 사람처럼 이 딴 거 자꾸 가르쳐 주는 거야?"

"그…그냥…"

"나… 이런 거 배우는거 재미없는데…"

"남자도 이런 거 다 할 줄 알아야 나중에 장가가서도 색시에게 인기캡짱 신랑이 되는 거야."

"그럼 더더욱 배울 필요가 없네, 뭐?"

"왜?"

"난 장가 안가고 엄마랑 이렇게 평생 같이 살 거니까? 히히히."

내 속도 모르는 주찬이는 다 큰 녀석이 품안으로 파고들며 온갖 어리광을 부렸다.

목 끝에 낚시 바늘이 걸린 것처럼 아프고 먹먹했다.

"여보!"

"왜?"

"당신도 이리 와봐!"

"난 왜 또?"

남편에게도 은행통장이며, 세금영수증, 재산 내역 등을 일일이 정리하여 나 없이도 불편함 없이 살림을 꾸려 나갈 수 있도록 했다.

그렇게 분주하게 며칠을 보냈을 때였다.

"따르르르릉~!!!"

새벽마다 여러 개의 자명종이 한꺼번에 울리는 바람에 도저히 시끄러워 잠을 잘 수 없는 상황이 계속되었다.

천하의 잠꾸러기 주찬이가 무슨 바람이 들었는지 갑자기 새벽마다 운동한다고 고집을 피웠기 때문이었다.

"잠보가 새벽마다 뭔 운동을 하시려고?"

"비밀!"

"나중에 알려줄게. 히히히"

그 뿐만이 아니었다. 저녁때도 가끔씩 운동한다며 사라지기도 했고, 먹보가 다이어트를 한다고 갑자기 아무것도 안 먹기도 했다.

"너, 좋아하는 여자 생겼어?"

"그건 왜?"

"요즘 와서 갑자기 다이어트 한다고 밥도 계속 굶고, 새벽마다 운동한다고 집안을 자명종 소리로 아수라장을 만들고 있잖아."

"그것도 비밀이야. 히히히."

시간이 얼마 안 남은 난 마음도 급하고 해야 할 일도 산더미인데… 주찬이는 아직 철이 없어서 그런지 매사가 장난스럽고 제멋대로였다.

"주찬이 너, 언제까지 그렇게 네 멋대로 살 거야?

그러다가 엄마가 갑자기 없어지기라도 하면 어떡할 거냐구?"

그러던 어느 날이었다.

난 처음으로 주찬에게 매를 들었다. 별일도 아닌데 괜히 걱정도 되고 속도 상해서…

"왜, 왜, 엄마 말을 안 듣는 거야?"

"엄마, 미안해! 내가 잘못했어."

"도대체 언제 철이 들거냐구?"

"엄마, 미안해. 이제부터 말 잘 들을 테니 엄마도 그만 울어. 엉엉엉!!"

주찬이를 끌어안고 한참을 같이 울었다.

이런 식으로 모질게 정을 끊어야 하나.

가슴이 아프다.

"주찬아. 우리 놀이공원 갈까?"

"거긴 왜?"

"너 만날 가고 싶다고 징징했잖아."

지난번 일도 사과할 겸해서 주찬이를 데리고 가까운 놀이공원에 갔다. 주찬이는 세상을 다 얻은 듯 너무 좋아했다.

주찬이가 엄마 얼굴 오래 기억하라고 사진도 같이 많이 찍고, 틈나는 대로 자꾸 얼굴도 비벼줬다.

하지만…

"아이, 싫다는데 자꾸 왜 이래?"

그때마다 주찬이는 징그럽다며 날 밀치고는

소변 마렵다며 화장실로 달려가거나 혼자 저 앞으로 도망치곤 했다.

이제 함께할 시간도 정말 얼마 안 남았는데… 살갑게 대하지 않는 주찬이가 조금은 얄밉고 서운했다.

"자, 식사들 하세요!!"

마지막으로 노숙자들에게 식사봉사도 했다.
"어르신 많이 드세요! 그리고 이제 약주도 조금만 하시구요!"

식사를 대접하며 그들의 손을 일일이 잡아주고 포옹해주며 고맙다고 했다.
"고마운 건 우린디 뭐가 자꾸만 고맙다고 하는겨?"
"여러분들 덕분에… 그 많던 내 죄를 조금은 덜고 가는 것 같아서… 그래서 고마워요… 그래서…"

주변정리가 어느 정도 끝나고 수술날짜가 거의 다가오자 난 그동안 계획했던 일들을 실행에 옮기기로 했다.

　그건 가정용캠코더로 비디오를 찍는 척 하다가 사고를 가장해 의식을 잃고 쓰러지는 것이었다. 그리고…

"여보! 괜찮아? 이제 정신이 좀 들어!"
"다, 당신들은 누구?"
　잃어버렸던 예전기억을 되찾은 척 하면서 두 사람을 전혀 모르는 존재들처럼 대하는 것이었다. 그리고는…

"이 사기꾼! 도둑놈아! 당장 내 눈앞에서 꺼져버려!"
　자연스럽게 두 사람을 만나기 이전의 마귀할멈으로 돌아가는 것이다.

"알았으니 이제 그만해요. 나 역시 예전의 당신과는 같이 있고 싶은 생각이 없소.
　떠나드리지요. 당신이 가지 말라고 애원해도
　내 기꺼이 떠나 드리지요　그럼…"

그런 후, 자연스럽게 별거를 한 다음 수술날
짜가 잡히면 외국여행을 핑계로 그들에게 자연
스럽게 이별을 고하기로 했다.

"나… 이번 주에 여행 가려고 해요."
"……!!!"
"이모님이 계신 캐나다로."
그리고 혹시라도 기적적으로 다시 살아올지
모른다는 막연한 희망에 한 가지 약속을 했다.

"만약… 당신들을 가족으로 받아들일 수 있
는 마음이 들면 이번 성탄절 전날까지 돌아올
게요. 하지만…"
"……!!"
그런 후, 두 사람 몰래 수술을 할 것이다.
그러면 설령 수술이 잘못되어 죽는다 해도 두
사람은 날 찾지 않을 것이다.
설령 죽었다는 소식을 듣게 되더라도 그리 크
게 슬퍼하지는 않을 것이다.

자신들을 매몰차게 내친 못된 아내, 엄마로
기억하고 있을 테니까…

"잠시 만날 수 있어?"

난 수술하러 떠나기 하루 전 그이와 주찬이를 카페로 불러냈다.

"기대는 하지 않는 것이 좋을 거요. 내가 두 사람을 다시 찾을 확률은 10프로도 채 되지 않을 테니까요… 그럼 전 이만…"
계획대로 내말만 일방적으로 하고는 쌩하니 카페 밖으로 나와 버렸다. 하지만 몇 걸음도 채 못 걷고는 그대로 바닥에 무너져 버렸다.

"엉엉엉!! 여보… 주찬아… 미안해!! 아무리 생각해도 지금 이 방법밖에 없어. 만약… 혹시라도… 살아서 돌아온다면 그때 두 사람에게 용서를 빌게… 유치하지만 이런 선택을 할 수밖에 없었음을… 엉엉엉!!"

사랑하는 사람들과의 인연끊기는 생각보다 훨씬 더 고통스럽고 잔인한 일이었다. 더구나 인위적으로 하는 인연끊기는 더더욱 더…

"아, 난 과연 살아서 돌아올 수 있을까?"

〈주찬의 비밀일기〉

오늘 수업이 끝나자 아빠가 마중 나와 있었다.

"아빠!"

늘 장난스런 모습으로 환하게 웃으며 날 기다리던 아빠였는데 오늘은 얼굴이 몹시 굳어 있었다.

"아빠 무슨 일 있어?"

아빠 날 데리고 근처에 있는 롯데리아로 갔다.

"아빠 오늘 표정이 왜 그래? 어디 아파?"
"응. 좀 많이…"
"어디가?"
"아빠가 아니라 엄마가 아파… 그것도 많이…"
아빠는 지금 엄마가 몰래 다니는 병원에 가서 담당 의사선생님을 만나고 왔다고 했다.

"어디가 아픈데?"
"머리가."
"그럼 무서운 병에 걸린 거야?"
"어… 잘못하면 죽을 수도 있대…"

아빠 햄버거를 입에 넣더니 한입 꾹 깨물었다.
그러나 금방 목이 메는지 닭똥 같은 눈물을 뚝뚝 흘리며 막 소리 내어 울기 시작했다.

"아빠! 자 콜라!"

아빠와 난 엄마에게 비밀로 하기로 했다.
그리고 엄마를 살릴 수 있는 방법에 대해
연구하기로 했다.

"진짜!!"

교회 다니는 영식이가 그랬다.
목사님이 그러는데 교회 나가 기도하면 하나
님이 소원을 다 들어 주신다고…
그래서 예배 있을 때마다 빠지지 않고 교회에
나갔다.
그리고 간절히 기도했다.

"하나님! 불쌍한 우리엄마 꼭 살려주세요!!"

새벽에 나가서 기도하면 더 잘 들어주신다고
해서 자명종시계 3개를 준비해놓고 새벽예배
도 나가기 시작했다.
엄마가 눈치 채지 못하게 운동 간다고 거짓말
하고는…

"아무 것도 먹지 않으면서 기도하면 더 잘

들어주신다고?"

"그래! 그걸 금식이라고 하는 건데… 어른들도 간절한 기도 할 땐 종일 굶으면서 그걸 하잖아."

"그러다 죽으면?"

"한마디로 목숨 걸고 간절하게 하라 이거야. 그래야 효과가 직빵이니까!"

난 교회를 오래 다닌 민호에게 금식에 대해 이것저것 물어봤다. 그리고는 고민 끝에 진짜로 한번 해보기로 했다.

어떡하든 엄마를 살리고 싶어서…

하지만 처음부터 온종일 굶으면 죽을 것만 같아서 우선 하루에 한 끼씩만 금식해 보기로 했다.

그런데…

"너, 좋아하는 여자 생겼어?"

"그건 왜?"

"요즘 와서 갑자기 다이어트 한다고 밥도 잘 안 먹고, 새벽마다 운동한다고 그 난리법석을

피우잖아."

"사실은 그것도 비밀이야. 히히히."

내가 비밀을 지키기 위해 억지웃음을 지을 때였다.

엄마가 태어나서 처음으로 날 마구 때리기 시작했다.

"주찬이 너, 언제까지 네 멋대로 살 거야? 그러다가 엄마라도 갑자기 없어지면 어떡할 거냐구?"

난 무조건 잘못했다고 빌었다. 아픈 엄마가 잘못해서 쓰러지기라도 하면 큰일이기 때문이었다.

"엄마, 미안해! 내가 잘못했어."

"도대체 언제 철이 들거냐구?"

"엄마, 미안해. 이제부터 말 잘 들을 테니 엄마도 그만 울어. 엉엉엉!!"

갑자기 엄마가 날 끌어안고 한참을 같이 울었다.

착한 우리엄마가 아프다는 사실을 숨기고 눈물까지 흘리니까 진짜 가슴이 아팠다.

"주찬아. 우리 놀이공원 갈까?"
"거긴 왜?"
"너 만날 가고 싶다고 징징했잖아."
다음날이었다.
엄마는 날 데리고 가까운 놀이공원에 갔다.
엄마는 금방이라도 쓰러질 것처럼 얼굴도 별로 안 좋고 지쳐보였다.
난 걱정돼서 그만 집에 가고 싶은데 엄마의 기분을 망치고 싶지 않아 세상을 다 얻은 것처럼 너무 좋아하는 표정을 지었다.

"아들~ 엄마를 보고 한 번 웃어 봐!"

엄마랑 사진도 많이 찍고 놀이기구도 같이 탔다.
하지만 이것이 어쩌면 엄마랑 같이하는 마지막 시간일지도 모른다고 하니 눈물이 막 쏟아져 나오려했다.
엄만 그것도 모르고 자꾸 날 껴안고 얼굴을

비벼댔다.

"아이, 싫다는데 자꾸 왜 이래?"

난 그런 엄마를 징그럽다고 밀쳐버리고는 화장실로 달려가 큰소리로 한참을 울었다.
"엉엉엉!!"

버스를 타고 집으로 돌아올 때였다.
엄만 날 가만히 내려다보며 계속해서 소리죽여 울었다.
내 볼 위에도 엄마의 뜨거운 눈물이 몇 방울 흘러내렸다.
하지만 난 일부러 자는 척 했다.

'엄만… 그래도 좋겠다… 울고 싶으면 울어도 되니까…
난 마음은 굴뚝이어도 그러지 못하는데…'

엄마가 외국으로 여행 다녀온다 말하고 우리 곁을 떠난지 일주일이 지났다.
아빠와 난 하루도 빠지지 않고 새벽예배에 나

가 엄마를 위해 기도를 했다.

 "주찬이 너 앞으로 나와!"

 덕분에 학교에선 수업시간 내내 쿨쿨 잠만 잤
다.
 선생님은 그때마다 앞으로 나와 손들고 서있
으라고 했다.
 그러다 하루는 벌 받으면서도 계속 졸다가 옆
으로 넘어져 버린 적도 있었다.

 "하하하하하!!!"

 반 친구들은 그런 내 모습을 보며 배꼽 쥐며
웃고 또 웃었다.

 '왜들 웃지? 난 지금 울고 싶어 죽겠는데…'

 그렇게 얼마의 시간이 흘렀을 때였다.
 난 혹시 엄마가 돌아오면 치료하는데 도움 될
만한 것이 없나 해서 인터넷을 검색해보기 시
작했다.

그러는 중에 뇌종양에 걸린 엄마가 방사선 치료를 하다보면 머리카락이 다 빠져 박박 대머리가 될지도 모른다는 사실을 알게 되었다.

'아, 머릿결이 너무 곱고 예쁜 우리엄마… 그래서 내가 맨날 드라이기로 말려주고… 빗으로 빗어주곤 했는데… 만약 그렇게 되면 얼마나 불쌍할까?'

난 고민 끝에 어렵게 민정이를 찾아갔다.

"저… 민정아!"
"왜?"
"부탁 있는데… 들어줄 수 있어?"
"뭔데?"
"그게 있잖아… 사실은…"

난 손재주가 많은 민정에게 몰래 부탁해서 뜨개질을 배우기 시작했다.
엄마가 살아서 돌아오면 모자와 목도리를 직접 떠서 성탄절 선물로 주고 싶었기 때문이었다.

그런데…

"얼레리 꼴레리~ 주찬이는 남자가 뜨개질을
한 대요~ 얼레리 꼴레리~ 주찬이는~"
　시간 날 때마다 몰래 숨어서 뜨개질을 하다가
떠벌이 병태 녀석에게 들킨 것이다.
　놈은 반 애들 앞에서 계속해서 날 놀리고 괴
롭혔다.
　그런데도 엄마 생각해서 꾹 참았는데…

"야! 네 엄마 집나갔다며?"
"이게 정말??"
"거뚜 바람나서. 키키키키!!"

　말도 안 되는 거짓말까지 하는 병태 놈을 결
국은 흠씬 두들겨 패줬다. 덕분에 선생님에게
불려가 엄청 혼났다.

　그리고 그날 저녁…

"야 김주찬! 엄마 없을수록 더 잘 해야지. 친
구랑 쌈질이나 하고 다니면 어떡해?"

선생님에게 연락 받고 학교까지 왔던 아빠는 회초리로 내 종아리를 마구 때리셨다. 태어나서 처음으로…

"주찬아… 미안해… 아빠가… 많이 미안해…"

아빠는 내가 자는 척 하며 누워있자 매 맞았던 부위에 몰래 약을 발라주며 계속 미안하다고 했다. 술도 못 마시는데… 술에 잔뜩 취한 목소리로…

말을 안했지만 아빠도 나만큼이나 힘든 거 같았다. 엄마가 보고 싶은 거 같았다.

"징글벨~ 징글벨~"

집으로 돌아오는데 거리에서 캐럴송이 들려왔다.

그러고 보니 내일이 크리스마스이브다. 집에와서 잠들기 전에 양발대신 엄마 잠옷을 걸어놨다.

"산타할아버지! 제발 우리엄마를 살려주세요. 그래서 이번 크리스마스 땐 건강한 엄마를 선물로 주세요!!. 그리고 이건…"

  엄마 잠옷 아래에 정성껏 포장한 선물 하나를
놓아두었다.
  "산타할아버지! 이건 있잖아요. 털모자와 목
도리에요.
  엄마 오면 선물로 주려고 내가 직접 손으로
뜬 거예요. 혹시 이번 성탄절 날 못 오게 되면
산타할아버지가 엄마에게 꼭 좀 전해주세요.
그리고… 그리고…"

  눈물이 와락 쏟아져 내려왔다.

  "보고 싶다고… 사랑한다고… 그리고 그동안
고마웠다고 전해주세요… 꼭요…"

  드디어 성탄절 날이 되었다.
  하지만 이번 성탄절은 정말 재미가 없었다.
엄마도 없는데다가 좋아하는 눈도 내릴 생각을
하지 않았기 때문이다.
  예배가 끝나고 목사님이 맛난 과자와 선물을
나눠줬지만 조금도 기쁘지 않았다.

"우리 주찬이 표정이 왜 그래? 선물이 맘에 안 들어?"

"아뇨…"

"근데 표정이 왜 그렇게 꿀꿀해?"

"그…그냥요…"

늘 곁에 있을 땐 잘 몰랐는데… 이렇게 며칠 떨어져 지내보니 엄마가 진짜 보고 싶다.

혹시라도 돌아온다면 다신 속도 안 썩이고 공부도 짱 잘하고 그럴 텐데…

"아, 엄마!!"

오후예배가 끝나자 아빠와 함께 빈 트럭 가득 선물을 싣고 보육원으로 향했다. 엄마가 아프기 전까지만 하더라도 우리 가족들이 성탄절 때마다 항상 같이 찾아가던 곳이었다.

"치이! 하나님도… 산타할아버지도 죄다 뻥쟁이야."

"우리아들. 왜 이렇게 뿔나셨나?"

"엄마 살려달라고… 선물로 보내 달라고 그렇게 기도했는데… 하나도 안 들어줬잖아. 치이~!!"

"다 그만한 뜻이 있겠지? 그 분이 언제 기도해서 안 들어 주신 거 봤어?"

"어쨌든 다 꽝이잖아!"

투덜거리며 차장 밖을 보니 하얀 꽃가루 같은 것이 조금씩 날리기 시작했다.

아빠가 웃으며 말했다.

"이야~ 오늘 좋은 일 생기려고 그러나? 금방이라도 눈이 막 쏟아져 내릴 것만 같은데…"

"눈은 치이~! 일기예보에서도 오늘 눈 온다는 소식 없었잖아."

"아이쿠~ 이거 단단히 삐치셨나봐. 매사가 다 불만이시네 그려."

아빠의 표정은 이상하리만큼 다른 때보다 밝은 편이었다.

일부러 그러는지 아니면 진짜로 무슨 좋은 일이 있어서 그런지는 몰라도 모처럼 짓궂은 농담도 자주하셨다.

그때였다.

"…그럼 오늘은 성탄절 날을 맞이하여 아
주 특별한 사연하나 들려 드리도록 하겠습니
다…"

아빠의 차에 타기만 하면 늘 켜져 있던 극동
방송이라는 라디오 프로그램에서 나오는 소리
였다.

"이번 사연은 약 한 달 전에 어떤 집사님께서
저희 방송국에 직접 음성녹음하여 보내주신 사
연입니다.
성탄절날인 오늘 꼭 좀 들려주셨으면 좋겠다
는 부탁의 말씀과 함께… 그럼 들려 드리겠습
니다."

아빠는 말없이 라디오 볼륨을 높였다.
그 순간 마치 기다렸다는 듯이 아주 낯익은
목소리가 흘러나왔다.
"사랑하는 주찬아… 그리고 여보… 나…야!
많이 놀랐지?

두 사람이 이 이야기를 듣게 될지는 모르겠지
만… 엄마 아주 큰 용기내서 이렇게 소식 전하
는 거야…”

너무 놀라서 심장이 멎는 것 같았다.
엄마는 약간 젖어있지만 씩씩한 목소리로 계
속 사연을 이어 나갔다.

“나… 지금 여행 가는 게 아니라 큰 수술을
하러 가… 걱정할까봐 거짓말 했어… 어쩌면
오늘 목소리 들려주는 것이 마지막이 될지도
몰라…

솔직히 지금 많이 무섭고… 두려워… 그리
고 살고 싶기도 해… 나보단 두 사람 때문에 조
금만 더 욕심을 내고 싶어… 3년이 되든… 1년
이 되든… 아니 단 6개월만 되어도 좋겠어…
딱 그만큼만 더 살았으면 하고 자꾸 욕심이 생
겨…

그러면 우리 가족들과 함께 여행도 가고… 맛
난 것도 사먹고… 쇼핑도 하면서… 좋은 추억

많이 만들고 떠날 수 있을 거 같거든… 그런데 시간이 너무 없네…"

엄마는 목이 메는지 잠시 하던 말을 멈췄다.

씩씩한 척만 했지 몸 상태도 많이 안 좋은 것 같았다.

"의사선생님이 그러는데… 수술하다가 죽을 확률이 아주 높대… 살아도 식물인간 되기 싫고… 그런데도… 내가 수술대에 오르는 것은… 사랑하는 가족들을 두고 너무 쉽게 포기하면… 그건 엄마 될 자격이 없다는 생각이 들어서야. 아내가 될…

그래서… 그래서… 정말 많이 무섭고… 두려운데도… 살기 위해서 먼 나라로 수술하러 가는 거야…. 어떤 모습이든 살아 돌아오고 싶어서… 그러니 두 사람… 날 위해 기도 많이 해줘…"

눈가루의 양이 조금씩 많아지기 시작했다.

미소 짓고 있었지만 아빠의 두 눈에선 뜨거운 그 무엇이 하염없이 흘러내리고 있었다.

"마지막으로… 그동안… 내가 힘들 때마다…
그냥 무너지고 싶을 때마다 가족이란 이름으로
옆에서 지켜줘서 고마워…

몸이 약해 자주 아팠던 나를… 들쳐 업고 열
심히 병원으로 뛰어준 것도 가족이었고… 고열
로 아무것도 못 먹을 때… 전복죽 끓여 억지로
입에 넣어준 것도 가족이었어…

기분 안 좋거나 속상한 일 있을 때면… 안개
꽃 한 아름 사다가 가슴에 안겨 주며 기분 업
시켜준 것도 가족이었지…

그 무섭던 마귀할멈을… 늘 허둥대고 넘어지
는 푼수로 만들어 놓은 것도… 그 돈밖에 모르
던 수전노를… 근사한 자선사업가로 변하게 한
것도… 다 가족이었어…"

아빠는 급기야 소리 내어 울기 시작했다.
창피하게…
"두 사람… 나 같이 못나고 나쁜 사람에게…
늘 몰아치는 벼락과… 소나기 피할 수 있는
우산 되어줘서 고마워…

그 어떤 말로도 그대들에게 이 고마움과 미안한 맘을 전할 수 없겠지만⋯ 그래도 이 말밖엔 할 말이 없네⋯

미안해⋯ 고마워⋯ 사랑해⋯ 나⋯ 꼭 살아서 돌아갈게⋯ 꼭⋯"

선물을 실은 차는 어느새 보육원 입구에 도착했다.

보육원 아이들과 목사님은 우리차를 보더니 일제히 소리 질렀다.

"와! 선물이다!!!"

운동장에 모여 장난치며 놀던 아이들은 우리 트럭이 있는 곳으로 향해 우르르 몰려왔다.

누가 먼저라 할 거 없이 차 위로 올라와 마음에 드는 선물들을 고르기 시작했다.

"선물은 많으니까 천천히!!"

목사님은 우리들을 반갑게 맞아주면서 계속 운동장 쪽을 바라보고 있었다. 난 고개를 갸웃하며 물었다.

"목사님! 지금 누굴 기다리세요?"

"선물!"

"선물요?"

"오늘 위에 계신분이 아주 특별한 성탄절선물을 보내주신다고 사인을 보내 주셨거든."

"목사님! 그거 믿지 마세요. 순 뻥이에요."

"……!!"

목사님은 날 빤히 쳐다보더니 재밌다는 표정으로 껄껄 웃으셨다.

그때였다.

"어! 저건 119구급차인데…"

운동장 끝에서 119구급차 한대가 쏟아지는 함박눈을 맞으며 서서히 다가오기 시작했다.

"누가 아픈가?"

차가 멈추고 안에서 사내 한 명이 먼저 내렸다. 그는 기기 아주 크고 날씬한 산타복장을 하고 있었다.

"안녕, 꼬마! 네가 기다리던 성탄절선물이
야."

산타는 차 뒷좌석 문을 열더니 휠체어에 누군
가를 태워 내가 있는 쪽으로 다가왔다.

"아~!!!"

휠체어에 앉아 털모자와 목도리를 하고는 가
만히 미소 짓고 있는 사람은 엄마였다.
약속한 대로 정말 살아서 돌아온 것이다. 거
짓말처럼…

"엄마!!!!"
"주찬아!! 여보!!!"

아빠와 함께 달려가 엄마를 힘껏 끌어안았을
때였다.
아이들의 함성소리가 일제히 울려 퍼지는 것
과 거의 동시에 탐스런 함박눈이 펑펑 쏟아져
내리기 시작했다.

성탄절 날 눈이 안 올 거라고 했던 일기예보가 보기 좋게 빗나가는 순간이었다.

"어이, 꼬마 친구!! 선물은 맘에 들어?"
엄마를 부둥켜 안고 함참을 울고 있는데 누군가 내 등을 툭 쳤다.
눈물을 훔치며 되돌아보니 산타복장의 사내였다.

"혀, 형아는~!??"
현수 형아였다. 엄마가 수술하러 떠난 후부터, 엄마를 대신해 노숙자 식사봉사를 돕던 키 크고 잘생긴 119대원 형아였다.

"어때? 선물이 맘에 들어??"
"최…최고예요!!!"

난 엄지손가락 하나를 척 치켜세우는 것으로 그에게 고마움을 대신했다.

그 순간이었다.
현수형아는 씨익 웃더니 날 번쩍 치켜들어 무

등을 태웠다.

그리고는 이내 주변에 있는 아이들과 어우러져 캐럴송을 신나게 부르기 시작했다.

엄마, 아빠, 목사님도 어느새 흐뭇한 미소를 지으며 아이들과 함께 따라 부르고 있었다.

"고요한 밤 거룩한 밤 어둠에 묻힌 밤
주의 부모 앉아서 감사기도 드릴 때 아기 잘도 잔다~~"

눈물의 기적

    오래도록 교회문 밖에서만 맴돌던 한 청년이 있었습니다. 그는 눈병으로 심한 고통을 당하다가 병원에 입원했습니다.

    눈을 정밀 진단한 의사는 긴장된 표정으로 눈에 살인적인 병독이 들어가 감염되었으므로 두 눈을 뽑지 않으면 생명이 위험하다고 했습니다. 그러면서 내일 즉시 수술 하자고 말했습니다.
    모든 것이 참으로 절망적인 상황이었습니다.

    그 청년이 아픔과 번민과 슬픔으로 몸부림치고 있는데 크리스천 친구가 찾아와 마지막으로 하나님께 매달려보라고 권고했습니다.

그런 절망적인 상황에서 무슨 말인들 못 듣겠습니까? 그는 친구와 함께 교회에 나가 기도하는데 참으로 염치가 없었습니다.

그토록 예수 믿으라고 할 때는 끄덕도 하지 않던 자신이 죽게 되자 살려달라고 하니 말입니다.

그는 완악했던 마음부터 회개하기 시작했습니다. 그러자 기도의 홍수 문이 열리면서 모든 것들이 철저히 회개되어져 갔습니다.

그는 울고 또 울었습니다. 얼마나 많은 눈물을 흘렸는지 눈이 퉁퉁 부을 정도였습니다.

다음날 마음이 홀가분하여 가벼운 마음으로 수술대에 올랐는데 다시 진찰하던 의사가 깜짝 놀라는 것이었습니다.

그토록 심하게 번졌던 독균이 깨끗이 사라진 것입니다. 그의 뜨거운 회개의 눈물은 영육의 생명을 모두 고침 받게 했습니다.

얼마 전 저희 교회 주보에 실린 예화입니다.

여러분! 우리는 가끔 세상을 살아가면서 어느 순간에 뜻하지 않은 고난과 시련을 통해 하나님과 우연히 만나는 경우가 있습니다. 그러나 이건 우연히 일어난 일이 아니라 하나님이 우리를 부르고 있는 징표라는 것을 명심하기 바랍니다. 우리가 하나님을 만나게 되는 것은 우리의 힘으로 된 것이 아닙니다.

하나님께서 우리로 하여금 찾고 바라는 소망을 주시면서, 하나님 품안으로 오도록 이끄시기에 가능한 "은혜의 선물"인 것입니다.

여러분! 혹시라도 살다가 주님이 부르는 소리가 들리면 무조건 외면하거나 내 고집대로만 하려말고 '예, 주님!'하고 응답하면서 조용히 무릎 끓고 기도해보세요. 그러면 그동안 내 삶을 짓눌렀던 정욕, 탐욕, 미움, 원망, 시기, 질투, 분노 등이 거짓말처럼 사라지고 마음속으로부터 뜨거운 감동이 밀려 올 것입니다.

과거에 나 자신도 모르게 저질렀던 죄에 대해서 통회하는 마음이 생기면서 어린애처럼 순수한 회개의 눈물이 폭포수처럼 흘러나올 것입니다. 하나님이 나와 함께 하고 계심이 느껴지고, 구원과 은혜가 임할 때 가장 먼저 나타나는 현상이 바로 눈물이기 때문입니다.

예수 그리스도의 영이신 성령이 우리를 회개시키고 참다운 사람으로 변모시키기 위해 우리로 하여금 회개의 눈물을 흘리게 도와주시는 겁니다.

여러분! 혹시 지금 뜻하지 않은 고난과 시련으로 힘들어 하고 계십니까?
그럼 복음성가에 나온 가사처럼 불평하거나 원망하지 말고 조용히 주님의 음성에 귀 기울여 보세요.

그 고난과 시련의 뒤편에 서있는 주님이 주실 축복을 미리 보면서 감사하기 바랍니다.
지금 내게 뜻하지 않은 고난과 시련이 찾아왔다는 것은 주님이 그것들을 고통인양 변장하여 당신에게 축복주시기 위함이니까요.

여러분! 주님은 여러분을 정말로 사랑하십니다. 때문에 분명히 세상 그 어떤 것보다 값지고 귀한 축복을 주실 것입니다.

그런 믿음과 확신을 가지고 오늘 하루도 감사하는 마음으로 살아가시기 바랍니다.

삼색일기장

인쇄일   2022년 7월 18일
발행일   2022년 7월 23일
저 자   최정재
발행처   뱅크북
신고번호   제2017-000055호
주 소   서울시 금천구 가산동 시흥대로 104다길 2
전 화   (02) 866-9410
팩 스   (02) 855-9411
이메일   san2315@naver.com